디지털 디톡스를 위한
암기 두뇌 깨우기

일부러
외우는
한국시

WG Contents Group 지음

북핀

편안함만 찾으면 뇌 기능은 퇴화한다.
- 일본 고노 임상의학연구소

해마와 전두엽이 오래 자극받아야 쉽게 잊어버리지 않는다.
- 미국 하버드대, 스탠퍼드대 공동 연구팀

기억력은 쓰고 소리 내어 읽는 적극적 행동을 할 때 효율이 가장 높다.
- 캐나다 워털루대학 연구팀

디지털 세상엔 아날로그의 불편함이 없습니다. 빠르고 정확하고 편리합니다. 물리적인 거리와 공간을 초월해 수많은 정보를 실시간으로 공유합니다. 우리의 삶에서 디지털은 선택이 아닌 필수가 되었습니다.

　스마트폰과 같은 각종 디지털 기기가 또 하나의 뇌 역할을 대신하고 있습니다. 종이와 펜을 들어 쓰거나 외웠던 정보도 지금은 굳이 암기하고 기억할 필요가 없습니다.

　하지만 그러한 편리성이 마냥 좋은 것만은 아닙니다. 디지털 기기에 지나치게 의존하여 뇌가 스스로 정보를 기억하는 힘이 줄어들고 뇌 기능이 퇴화하는, 이른바 디지털 치매 증후군Digital Dementia, 디지털 기억 상실증Digital Amnesia과 같은 현상을 겪는 사람들이 많아졌습니다.

　젊은 나이임에도 건망증과 기억력 감퇴를 겪는 사람들이 많아지니,

영츠하이머Youngzheimer(젊은young+알츠하이머alzheimer)라는 신조어까지 생겼습니다.

기억력은 훈련이 필요합니다. 평소 의식적으로 뇌를 쓰려는 노력이 필요하죠.

이 책은 '일부러 외우는' 뇌 훈련을 하도록 기획되었습니다. 학창 시절 교과서로 만난, 우리에게 익숙하고 반가운 시들을 추려 ★(쉬움)~★★★★★(꽤 어려움)의 암기 난이도 순서로 총 25개의 작품을 실었습니다.

무작정 외우기보다 조금씩 단계를 밟아 어느새 시 전체가 외워질 수 있도록 구성해 암기 장벽을 낮추었습니다.

초성 보고 외우기, 음절 수로 유추하며 외우기, 빈칸 채우기 등 난도를 높여가며 다양한 방법으로 외울 수 있으며 이를 통해 부담 없이 시 외우기에 도전할 수 있습니다.

물론 전부 외우지 않아도, 순서대로 외우지 않아도 괜찮습니다. 완벽하게 외우지 못하더라도 반복하여 읽고, 외워가는 과정을 통해 잊고 있던 아름다운 우리 시들을 다시 음미할 수 있는 것만으로도 소중한 기회가 될 것입니다.

디지털 기기는 잠시 내려놓고, 읽고 쓰고 소리 내 말하면서 잠들어 있는 여러분의 암기 두뇌를 깨워보세요!

목차

암기난이도 ★

MISSION 01 산유화 / 김소월 ················· 8

MISSION 02 먼 후일 / 김소월 ················· 12

MISSION 03 끝없는 강물이 흐르네 / 김영랑 ················· 16

MISSION 04 복종 / 한용운 ················· 20

MISSION 05 사랑하는 까닭 / 한용운 ················· 24

MISSION 06 서시 / 윤동주 ················· 28

MISSION 07 봄은 고양이로다 / 이장희 ················· 32

암기난이도 ★★

MISSION 08 진달래꽃 / 김소월 ················· 36

MISSION 09 돌담에 속삭이는 햇발 / 김영랑 ················· 40

MISSION 10 유리창 I / 정지용 ················· 44

MISSION 11 절정 / 이육사 ················· 48

MISSION 12 십자가 / 윤동주 ················· 52

MISSION 13 무서운 시간 / 윤동주 ················· 56

암기 난이도 ★★★

MISSION 14   모란이 피기까지는 / 김영랑 ················· 60

MISSION 15   내 마음을 아실 이 / 김영랑················· 64

MISSION 16   떠나가는 배 / 박용철 ······················ 68

MISSION 17   세월이 가면 / 박인환 ······················ 72

MISSION 18   청포도 / 이육사 ··························· 82

MISSION 19   광야 / 이육사 ······························ 86

MISSION 20   길 / 윤동주 ······························· 90

MISSION 21   자화상 / 윤동주 ·························· 100

암기 난이도 ★★★★

MISSION 22   님의 침묵 / 한용운 ······················ 104

MISSION 23   참회록 / 윤동주 ·························· 114

암기 난이도 ★★★★★

MISSION 24   별 헤는 밤 / 윤동주 ····················· 124

MISSION 25   꽃에 물 주는 뜻은 / 오일도················ 138

이 책의 활용법: 4단계로 외우기

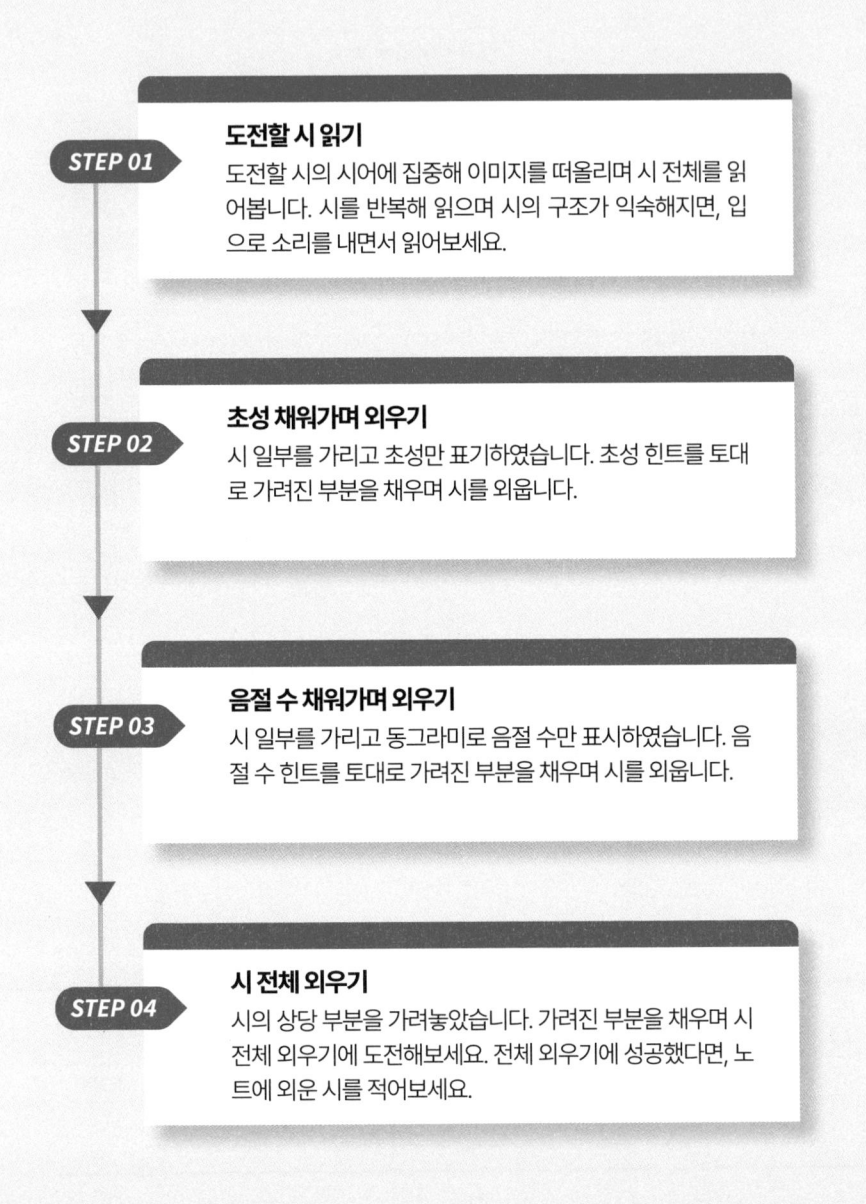

STEP 01

도전할 시 읽기
도전할 시의 시어에 집중해 이미지를 떠올리며 시 전체를 읽
어봅니다. 시를 반복해 읽으며 시의 구조가 익숙해지면, 입
으로 소리를 내면서 읽어보세요.

STEP 02

초성 채워가며 외우기
시 일부를 가리고 초성만 표기하였습니다. 초성 힌트를 토대
로 가려진 부분을 채우며 시를 외웁니다.

STEP 03

음절 수 채워가며 외우기
시 일부를 가리고 동그라미로 음절 수만 표시하였습니다. 음
절 수 힌트를 토대로 가려진 부분을 채우며 시를 외웁니다.

STEP 04

시 전체 외우기
시의 상당 부분을 가려놓았습니다. 가려진 부분을 채우며 시
전체 외우기에 도전해보세요. 전체 외우기에 성공했다면, 노
트에 외운 시를 적어보세요.

나의 젊은 시절, 나는 실제 일어난 일이든 아니든,
모든 일을 기억할 수 있었다.
- 마크 트웨인

When I was younger, I could remember anything,
whether it had happened or not.
- Mark Twain

산유화

김소월

산에는 꽃 피네
꽃이 피네
갈 봄 여름 없이
꽃이 피네

산에
산에
피는 꽃은
저만치 혼자서 피어 있네

산에서 우는 작은 새여
꽃이 좋아
산에서
사노라네

산에는 꽃이 지네
꽃이 지네
갈 봄 여름 없이
꽃이 지네

STEP1 떠오르는 이미지와 시어에 집중하면서 시를 반복해 읽습니다.

산에는 ㄲ ㅍ ㄴ

꽃이 피네

ㄱ ㅂ ㅇ ㄹ 없이

꽃이 피네

산에

ㅅ ㅇ

피는 꽃은

ㅈ ㅁ ㅊ 혼자서 피어 있네

산에서 우는 ㅈ ㅇ ㅅ ㅇ

꽃이 좋아

ㅅ ㅇ ㅅ

사노라네

산에는 꽃이 ㅈ ㄴ

꽃이 지네

갈 봄 여름 없이

ㄲ ㅇ ㅈ ㄴ

○○○○ ○ 피네

꽃이 피네

갈 봄 ○○ ○○

○○ 피네

산에

산에

○○ ○○

저만치 ○○○ ○○ 있네

○○○ ○○ 작은 새여

○○ 좋아

산에서

○○○○

산에는 꽃이 ○○

꽃이 ○○

○○○○ 없이

꽃이 ○○

10

산 〰〰〰〰〰〰〰
꽃이 피네
갈 〰〰〰〰〰〰〰
꽃이 피네

산에
산에
피는 꽃은
저 〰〰〰〰〰〰〰〰〰〰

산 〰〰〰〰〰〰〰〰
꽃 〰〰〰〰
산에서
사노라네

산에는 꽃이 지네
꽃이 지네
갈 봄 여름 없이
꽃이 지네

먼 후일

김소월

먼 훗날 당신이 찾으시면
그때에 내 말이 "잊었노라"

당신이 속으로 나무라면
"무척 그리다가 잊었노라"

그래도 당신이 나무라면
"믿기지 않아서 잊었노라"

오늘도 어제도 아니 잊고
먼 훗날 그때에 "잊었노라"

STEP1 떠오르는 이미지와 시어에 집중하면서 시를 반복해 읽습니다.

먼 훗날 ㄷㅅㅇ ㅊㅇㅅㅁ
그때에 내 말이 "ㅇㅇㄴㄹ"

당신이 ㅅㅇㄹ 나무라면
"ㅁㅊ ㄱㄹㄷㄱ 잊었노라"

그래도 당신이 ㄴㅁㄹㅁ
"ㅁㄱㅈ 않아서 잊었노라"

ㅇㄴㄷ 어제도 아니 잊고
ㅁ ㅎㄴ 그때에 "잊었노라"

○ ○○ 당신이 찾으시면
○○○ ○ ○○ "잊었노라"

당신이 ○○○ ○○○○
"○○ 그리다가 잊었노라"

○○○ ○○○ 나무라면
"믿기지 ○○○ ○○○○"

오늘도 ○○○ ○○ 잊고
먼 훗날 ○○○ "잊었노라"

먼 훗날 당신이 찾으시면

그

당신이 속으로 나무라면
"무척 그리다가 잊었노라"

그래도
"믿

오늘도
먼

끝없는 강물이 흐르네

김영랑

내 마음의 어딘 듯 한 편에 끝없는
강물이 흐르네
돋쳐 오르는 아침 날빛이 빤질한
은결을 도도네
가슴엔 듯 눈엔 듯 또 핏줄엔 듯
마음이 도른도른 숨어 있는 곳
내 마음의 어딘 듯 한 편에 끝없는
강물이 흐르네

STEP1 떠오르는 이미지와 시어에 집중하면서 시를 반복해 읽습니다.

ㄴ ㅁㅇㅇ ㅇㄷ ㄷ 한 편에 끝없는

강물이 흐르네

돋쳐 오르는 ㅇㅊ ㄴㅂㅇ 빤질한

ㅇㄱ을 도도네

ㄱㅅ엔 듯 ㄴ엔 듯 또 ㅍㅈ엔 듯

마음이 ㄷㄹㄷㄹ 숨어 있는 곳

내 마음의 어딘 듯 ㅎ ㅍㅇ ㄲㅇㄴ

강물이 흐르네

내 마음의 어딘 듯 ◯ ◯◯ ◯◯◯

강물이 흐르네

◯◯ ◯◯◯ 아침 날빛이 ◯◯◯

은결을 ◯◯◯

◯◯엔 듯 ◯엔 듯 또 ◯◯엔 듯

◯◯◯ 도른도른 ◯◯ ◯◯ 곳

◯ ◯◯◯ ◯◯ ◯ 한 편에 끝없는

강물이 흐르네

내

강물이 흐르네

돌

은

가

마음이

내 마음의 어딘 듯 한 편에 끝없는

강

복종

한용운

남들은 자유를 사랑한다지마는 나는 복종을 좋아하여요.

자유를 모르는 것은 아니지만 당신에게는 복종만 하고 싶어요.

복종하고 싶은 데 복종하는 것은 아름다운 자유보다도 달콤합니다.
그것이 나의 행복입니다.

그러나 당신이 나더러 다른 사람을 복종하라면 그것만은 복종할 수
없습니다.

다른 사람을 복종하려면 당신에게는 복종할 수 없는 까닭입니다.

STEP1 떠오르는 이미지와 시어에 집중하면서 시를 반복해 읽습니다.

남들은 ㅈㅇㄹ 사랑한다지마는 나는 ㅂㅈㅇ 좋아하여요.

자유를 ㅁㄹㄴ ㄱㅇ 아니지만 당신에게는 ㅂㅈㅁ ㅎㄱ 싶어요.

복종하고 싶은 데 복종하는 것은 ㅇㄹㄷㅇ ㅈㅇ 보다도 달콤합니다.

그것이 ㄴㅇ ㅎㅂ 입니다.

그러나 당신이 나더러 ㄷㄹ ㅅㄹㅇ ㅂㅈ 하라면 그것만은 복종할 수 없습니다.

다른 사람을 복종하려면 ㄷㅅㅇㄱㄴ ㅂㅈㅎ ㅅ ㅇㄴ 까닭입니다.

21

남들은 ○○○ ○○○○○○○ 나는 복종을 좋아하여
요.

자유를 모르는 것은 아니지만 ○○○○○○ ○○○ 하고 싶
어요.

○○○○○ ○○ ○ ○○○○○ 것은 아름다운 자유보다도
○○○○○.

그것이 나의 ○○○○○.

그러나 ○○○ ○○○ 다른 사람을 복종하라면 ○○○
○ ○○○ ○ 없습니다.

○○ ○○○ ○○○○○ 당신에게는 복종할 수 없는 ○
○○○.

남들은 ▨▨▨▨▨▨▨▨▨▨▨▨▨▨▨▨▨▨▨▨▨▨▨▨▨▨

▨▨▨▨▨▨▨▨▨▨▨▨▨▨▨▨▨▨▨▨▨.

자유를 모르는 것은 아니지만 당신에게는 복종만 하고 싶어요.

복종하고 ▨▨▨▨▨▨▨▨▨▨▨▨▨▨▨▨▨▨▨▨▨▨▨▨

▨▨▨▨▨▨▨▨▨▨▨▨▨▨▨▨▨▨▨▨▨▨▨▨▨.

그것이 나의 행복입니다.

그러나 ▨▨▨▨▨▨▨▨▨▨▨▨▨▨▨▨▨▨▨▨▨▨▨▨▨

▨▨▨▨▨▨▨▨▨▨▨▨▨▨▨▨▨▨▨▨▨▨▨▨▨▨

▨▨▨▨▨▨▨.

다른 사람을 복종하려면 당신에게는 복종할 수 없는 까닭입니다.

23

사랑하는 까닭

한용운

내가 당신을 사랑하는 것은 까닭이 없는 것이 아닙니다.
다른 사람들은 나의 홍안만을 사랑하지마는 당신은 나의 백발도
사랑하는 까닭입니다.

내가 당신을 그리워하는 것은 까닭이 없는 것이 아닙니다.
다른 사람들은 나의 미소만을 사랑하지마는 당신은 나의 눈물도
사랑하는 까닭입니다.

내가 당신을 기다리는 것은 까닭이 없는 것이 아닙니다.
다른 사람들은 나의 건강만을 사랑하지마는 당신은 나의 죽음도
사랑하는 까닭입니다.

STEP1 떠오르는 이미지와 시어에 집중하면서 시를 반복해 읽습니다.

내가 ㄷㅅㅇ ㅅㄹㅎㄴ ㄱㅇ 까닭이 없는 것이 아닙니다.
다른 사람들은 ㄴㅇ ㅎㅇㅁㅇ 사랑하지마는 당신은 ㄴ
ㅇ ㅂㅂㄷ 사랑하는 까닭입니다.

내가 ㄷㅅㅇ ㄱㄹㅇㅎㄴ ㄱㅇ 까닭이 없는 것이 아닙니다.
다른 사람들은 ㄴㅇ ㅁㅅㅁㅇ 사랑하지마는 당신은 ㄴ
ㅇ ㄴㅁㄷ 사랑하는 까닭입니다.

내가 ㄷㅅㅇ ㄱㄷㄹㄴ ㄱㅇ 까닭이 없는 것이 아닙니다.
다른 사람들은 ㄴㅇ ㄱㄱㅁㅇ 사랑하지마는 당신은 ㄴ
ㅇ ㅈㅇㄷ 사랑하는 까닭입니다.

내가 당신을 사랑하는 것은 ○○○ ○○ ○○ ○○○ ○.

○○ ○○○○ 나의 홍안만을 사랑하지마는 ○○○ ○ ○ ○○○ 사랑하는 까닭입니다.

○○ ○○○ ○○○○○ 것은 까닭이 없는 것이 아닙니다.

다른 사람들은 ○○ ○○○○ ○○○○○○ 당신은 나의 눈물도 사랑하는 까닭입니다.

내가 당신을 ○○○○ ○○ ○○○ ○○ ○○ 아닙니다.

다른 사람들은 나의 건강만을 사랑하지마는 당신은 ○○ ○ ○○ ○○○○ ○○○○○.

내가 당신을 사랑하는 것은 까닭이 없는 것이 아닙니다.

다른

　　　　　　　　　　　　　　　　　　　.

내가 당신을 그리워하는 것은 까닭이 없는 것이 아닙니다.

다른

　　　　　　　　　　　　　　　　　　　.

내가 　　　　　　　　　　　　　　　　.

다른

　　　　　　　　　　　　　　　　　　　.

서시

윤동주

죽는 날까지 하늘을 우러러
한 점 부끄럼이 없기를,
잎새에 이는 바람에도
나는 괴로워했다.
별을 노래하는 마음으로
모든 죽어가는 것을 사랑해야지
그리고 나한테 주어진 길을
걸어가야겠다.

오늘밤에도 별이 바람에 스치운다.

STEP1 떠오르는 이미지와 시어에 집중하면서 시를 반복해 읽습니다.

ㅈㄴㄴ까지 ㅎㄴ을 우러러

한 점 ㅂㄱㄹ이 없기를,

ㅇㅅ에 이는 ㅂㄹ에도

나는 괴로워했다.

별을 ㄴㄹㅎㄴ 마음으로

모든 ㅈㅇㄱㄴ 것을 사랑해야지

그리고 나한테 ㅈㅇㅈㄱ을

걸어가야겠다.

오늘밤에도 별이 ㅂㄹㅇ 스치운다.

죽는 날까지 ◯◯◯ ◯◯◯

◯◯ 부끄럼이 없기를,

잎새에 이는 ◯◯◯◯

나는 ◯◯◯◯◯.

별을 노래하는 ◯◯◯◯

모든 죽어가는 것을 ◯◯◯◯◯

◯◯◯ ◯◯◯ 주어진 길을

걸어가야겠다.

◯◯◯◯◯ 별이 바람에 스치운다.

죽

한 점 부끄럼이 없기를,

잎

나는 괴로워했다.

별

모든 죽어가는 것을 사랑해야지

그

걸어가야겠다.

오 .

봄은 고양이로다

이장희

꽃가루와 같이 부드러운 고양이의 털에
고운 봄의 향기가 어리우도다.

금방울과 같이 호동그란 고양이의 눈에
미친 봄의 불길이 흐르도다.

고요히 다물은 고양이의 입술에
포근한 봄 졸음이 떠돌아라.

날카롭게 쭉 뻗은 고양이의 수염에
푸른 봄의 생기가 뛰놀아라.

STEP1 떠오르는 이미지와 시어에 집중하면서 시를 반복해 읽습니다.

ㄲㄱㄹ 와 같이 부드러운 ㄱㅇㅇ 의 털에
고운 ㅂㅇ ㅎㄱ 가 어리우도다.

ㄱㅂㅇ 과 같이 호동그란 ㄱㅇㅇ 의 눈에
미친 ㅂㅇ ㅂㄱ 이 흐르도다.

고요히 다물은 고양이의 ㅇㅅ 에
포근한 ㅂㅈㅇ 이 떠돌아라.

날카롭게 쭉 뻗은 고양이의 ㅅㅇ 에
푸른 ㅂㅇ ㅅㄱ 가 뛰놀아라.

꽃가루와 같이 ○○○○ 고양이의 ○○
○○ 봄의 향기가 ○○○○○.

금방울과 같이 ○○○○○ 고양이의 ○○
○○ 봄의 불길이 ○○○○.

○○○ ○○○ 고양이의 입술에
○○○ 봄 졸음이 ○○○○.

○○○○○ ○ ○○ 고양이의 수염에
○○ 봄의 생기가 ○○○○.

꽃

고운 봄의 향기가 어리우도다.

금

미친 봄의 불길이 흐르도다.

고

포근한 봄 졸음이 떠돌아라.

날

푸른 봄의 생기가 뛰놀아라.

진달래꽃

김소월

나 보기가 역겨워
가실 때에는
말없이 고이 보내 드리우리다.

영변에 약산
진달래꽃
아름 따다 가실 길에 뿌리우리다.

가시는 걸음 걸음
놓인 그 꽃을
사뿐히 즈려 밟고 가시옵소서.

나 보기가 역겨워
가실 때에는
죽어도 아니 눈물 흘리우리다.

STEP1 떠오르는 이미지와 시어에 집중하면서 시를 반복해 읽습니다.

ㄴ ㅂㄱㄱ 역겨워

가실 때에는

ㅁㅇㅇ ㄱㅇ 보내 드리우리다.

ㅇㅂㅇ ㅇㅅ

진달래꽃

ㅇㄹ 따다 가실 길에 ㅃㄹㅇㄹㄷ.

ㄱㅅㄴ 걸음 걸음

놓인 ㄱ ㄲㅇ

ㅅㅃㅎ 즈려 밟고 ㄱㅅㅇㅅㅅ.

나 보기가 ㅇㄱㅇ

ㄱㅅ ㄸㅇㄴ

ㅈㅇㄷ 아니 눈물 ㅎㄹㅇㄹㄷ.

나 ○○○ ○○○

가실 때에는

○○○ 고이 보내 ○○○○○.

○○○ 약산

진달래꽃

아름 따다 ○○ ○○ 뿌리우리다.

○○○ ○○ 걸음

○○ 그 꽃을

사뿐히 ○○ ○○ 가시옵소서.

나 ○○○ ○○○

○○ 때에는

죽어도 ○○ ○○ 흘리우리다.

나

가실 때에는

말없이   .

영

진달래꽃

아   .

가

놓인 그 꽃을

사   .

나

가실 때에는

죽   .

돌담에 속삭이는 햇발

김영랑

돌담에 속삭이는 햇발같이
풀 아래 웃음짓는 샘물같이
내 마음 고요히 고운 봄 길 위에
오늘 하루 하늘을 우러르고 싶다

새악시 볼에 떠오는 부끄럼같이
시의 가슴 살포시 젖는 물결같이
보드레한 에메랄드 얇게 흐르는
실비단 하늘을 바라보고 싶다

STEP1 떠오르는 이미지와 시어에 집중하면서 시를 반복해 읽습니다.

ㄷㄷ에 속삭이는 ㅎㅂ 같이
풀 아래 ㅇㅇ 짓는 ㅅㅁ 같이
ㄴㅁㅇ 고요히 ㄱㅇ ㅂㄱ 위에
오늘 하루 ㅎㄴㅇ ㅇㄹㄹㄱ 싶다

ㅅㅇㅅ ㅂ에 떠오르는 ㅂㄲㄹ 같이
시의 가슴 ㅅㅍㅅ ㅈㄴ ㅁㄱ 같이
ㅂㄷㄹㅎ ㅇㅁㄹㄷ 얇게 흐르는
ㅅㅂㄷ ㅎㄴ을 바라보고 싶다

돌담에 ○○○○ ○○같이

○ ○○ ○○○○ 샘물같이

내 마음 ○○○ 고운 ○ ○ 위에

오늘 ○○ 하늘을 ○○○○ 싶다

○○○ 볼에 ○○○ 부끄럼같이

시의 ○○ 살포시 젖는 ○○같이

○○○○ 에메랄드 ○○ 흐르는

실비단 하늘을 ○○○○ 싶다

돌담에 속삭이는 햇발같이

풀

내 마음 고요히

오

새악시 볼에

시

보드레한 에메랄드 얇게 흐르는

실

유리창 I

정지용

유리에 차고 슬픈 것이 어린거린다.
열없이 붙어서서 입김을 흐리우니
길들은 양 언 날개를 파다거린다.
지우고 보고 지우고 보아도
새까만 밤이 밀려 나가고 밀려와 부딪치고,
물 먹은 별이, 반짝, 보석처럼 백힌다.
밤에 홀로 유리를 닦는 것은
외로운 황홀한 심사이어니,
고운 폐혈관이 찢어진 채로
아아, 늬는 산새처럼 날아갔구나!

STEP1 떠오르는 이미지와 시어에 집중하면서 시를 반복해 읽습니다.

○ㄹ 에 차고 슬픈 것이 어린거린다.

열없이 붙어서서 ○ㄱ 을 흐리우니

길들은 양 ○ㄴㄱ 를 파다거린다.

지우고 보고 지우고 보아도

ㅅㄲㅁ ㅂ 이 밀려 나가고 밀려와 부딪치고,

물 먹은 ㅂ 이, 반짝, ㅂㅅ 처럼 백힌다.

밤에 홀로 ○ㄹ 를 닦는 것은

외로운 황홀한 ㅅㅅ 이어니,

고운 ㅍㅎㄱ 이 찢어진 채로

아아, 늬는 ㅅㅅ 처럼 날아갔구나!

유리에 ○○ ○○ ○이 어린거린다.

○○○ ○○○○ 입김을 흐리우니

○○○ ○ 언 날개를 파다거린다.

지우고 보고 ○○○ ○○○

새까만 밤이 ○○ ○○○ 밀려와 부딪치고,

○ ○○ ○이, ○○, 보석처럼 백힌다.

○○ ○○ 유리를 닦는 것은

○○○ ○○○ 심사이어니,

고운 폐혈관이 ○○○ ○○

아아, 늬는 산새처럼 ○○○○○!

유리에 차고 슬픈 것이 어린거린다.

열

길.

지우고 보고 지우고 보아도

새,

물 먹은 별이, 반짝, 보석처럼 백힌다.

밤

외로운 황홀한 심사이어니,

고

아아, 늬는 산새처럼 날아갔구나!

절정

이육사

매운 계절의 채찍에 갈겨
마침내 북방으로 휩쓸려 오다.

하늘도 그만 지쳐 끝난 고원
서릿발 칼날진 그 위에 서다.

어디다 무릎을 꿇어야 하나?
한 발 재겨 디딜 곳조차 없다.

이러매 눈감아 생각해 볼밖에
겨울은 강철로 된 무지갠가 보다.

STEP1 떠오르는 이미지와 시어에 집중하면서 시를 반복해 읽습니다.

ㅁㅇ ㄱㅈ 의 채찍에 갈겨

마침내 ㅂㅂㅇㄹ 휩쓸려 오다.

하늘도 ㄱㅁ ㅈㅊ 끝난 고원

ㅅㄹㅂ 칼날진 그 위에 서다.

어디다 ㅁㄹㅇ 꿇어야 하나?

ㅎ ㅂ 재겨 디딜 곳조차 없다.

이러매 ㄴㄱㅇ 생각해 볼밖에

ㄱㅇ 은 강철로 된 ㅁㅈㄱㄱ 보다.

매운 계절의 ○○○ ○○
○○○ 북방으로 ○○○ 오다.

○○도 그만 지쳐 ○○ ○○
서릿발 칼날진 ○ ○○ ○○.

어디다 무릎을 ○○○ ○○?
한 발 재겨 ○○ ○○○ 없다.

○○○ 눈감아 생각해 볼밖에
겨울은 ○○○ ○ 무지갠가 보다.

매운 계절의 채찍에 갈겨

마⬛⬛⬛⬛⬛⬛⬛⬛⬛⬛⬛⬛⬛⬛⬛⬛⬛.

하늘도 그만 지쳐 끝난 고원

서⬛⬛⬛⬛⬛⬛⬛⬛⬛⬛⬛⬛⬛⬛⬛⬛.

어⬛⬛⬛⬛⬛⬛⬛⬛⬛⬛⬛⬛⬛?

한 발 재겨 디딜 곳조차 없다.

이⬛⬛⬛⬛⬛⬛⬛⬛⬛⬛⬛⬛⬛⬛

겨울은 ⬛⬛⬛⬛⬛⬛⬛⬛⬛⬛⬛⬛.

십자가

윤동주

쫓아오던 햇빛인데
지금 교회당 꼭대기
십자가에 걸리었습니다.

첨탑이 저렇게도 높은데
어떻게 올라갈 수 있을까요.

종소리도 들려오지 않는데
휘파람이나 불며 서성거리다가,

괴로웠던 사나이
행복한 예수 그리스도에게처럼
십자가가 허락된다면

모가지를 드리우고
꽃처럼 피어나는 피를
어두워가는 하늘 밑에
조용히 흘리겠습니다.

STEP1 떠오르는 이미지와 시어에 집중하면서 시를 반복해 읽습니다.

쫓아오던 ㅎㅂ 인데
지금 교회당 ㄲㄷㄱ
ㅅㅈㄱ 에 걸리었습니다.

ㅊㅌ 이 저렇게도 높은데
어떻게 ㅇㄹㄱ 수 있을까요.

ㅈㅅㄹ 도 들려오지 않는데
ㅎㅍㄹ 이나 불며 서성거리다가,

괴로웠던 ㅅㄴㅇ
ㅎㅂㅎ 예수 그리스도에게처럼
ㅅㅈㄱ 가 허락된다면

ㅁㄱㅈ 를 드리우고
꽃처럼 ㅍㅇㄴㄴㅍ 를
어두워가는 ㅎㄴㅁ 에
ㅈㅇㅎ 흘리겠습니다.

○○○○ 햇빛인데
지금 ○○○ 꼭대기
십자가에 ○○○○○○.

첨탑이 ○○○○ 높은데
○○○ 올라갈 수 있을까요.

종소리도 ○○○○ 않는데
휘파람이나 불며 ○○○○○○,

○○○○ 사나이
행복한 ○○ ○○○○에게처럼
십자가가 ○○○○○

모가지를 ○○○○
○○○ 피어나는 피를
○○○○○ 하늘 밑에
조용히 ○○○○○○.

쫓

지금 교회당 꼭대기

십⬛⬛⬛⬛⬛⬛⬛⬛⬛.

첨탑이 저렇게도 높은데

어⬛⬛⬛⬛⬛⬛⬛⬛.

종소리도 들려오지 않는데

휘⬛⬛⬛⬛⬛⬛⬛⬛,

괴⬛⬛⬛⬛

행복한 예수 그리스도에게처럼

십자가가 허락된다면

모가지를 드리우고

꽃⬛⬛⬛⬛

어⬛⬛⬛⬛

조용히 흘리겠습니다.

무서운 시간

윤동주

거 나를 부르는 것이 누구요,

가랑잎 이파리 푸르러 나오는 그늘인데,
나 아직 여기 호흡이 남아 있소.

한 번도 손들어 보지 못한 나를
손들어 표할 하늘도 없는 나를

어디에 내 한 몸 둘 하늘이 있어
나를 부르는 것이오.

일을 마치고 내 죽는 날 아침에는
서럽지도 않은 가랑잎이 떨어질 텐데……

나를 부르지 마오.

STEP1 떠오르는 이미지와 시어에 집중하면서 시를 반복해 읽습니다.

거 나를 ㅂㄹㄴ 것이 누구요,

ㄱㄹㅇ ㅇㅍㄹ 푸르러 나오는 그늘인데,
나 아직 여기 ㅎㅎㅇ 남아 있소.

ㅎ ㅂㄷ 손들어 보지 못한 나를
손들어 표할 ㅎㄴㄷ ㅇㄴ 나를

어디에 ㄴ ㅎ ㅁ 둘 하늘이 있어
나를 ㅂㄹㄴ 것이오.

일을 마치고 ㄴ ㅈㄴ ㄴ 아침에는
서럽지도 않은 ㄱㄹㅇ 이 떨어질 텐데……

나를 ㅂㄹㅈ 마오.

○ ○○ 부르는 것이 ○○○,

가랑잎 이파리 ○○○ ○○○ 그늘인데,
○ ○○ ○○ 호흡이 남아 있소.

한 번도 ○○○ ○○ ○○ 나를
○○○ ○○ 하늘도 없는 나를

○○○ 내 한 몸 둘 ○○○ 있어
나를 부르는 ○○○.

○○ ○○○ 내 죽는 날 아침에는
○○○○ ○○ 가랑잎이 떨어질 텐데……

나를 부르지 ○○.

거 ,

가 ,
나 아직 여기 호흡이 남아 있소.

한

손

어

나를 부르는 것이오.

일

서럽지도 않은 가랑잎이 떨어질 텐데……

나 .

모란이 피기까지는

김영랑

모란이 피기까지는
나는 아직 나의 봄을 기다리고 있을 테요
모란이 뚝뚝 떨어져 버린 날
나는 비로소 봄을 여읜 설움에 잠길 테요
오월 어느 날, 그 하루 무덥던 날
떨어져 누운 꽃잎마저 시들어 버리고는
천지에 모란은 자취도 없어지고
뻗쳐 오르던 내 보람 서운케 무너졌느니
모란이 지고 말면 그뿐, 내 한 해는 다 가고 말아
삼백 예순 날 하냥 섭섭해 우웁내다
모란이 피기까지는
나는 아직 기다리고 있을 테요, 찬란한 슬픔의 봄을

STEP1 떠오르는 이미지와 시어에 집중하면서 시를 반복해 읽습니다.

ㅁㄹ 이 피기까지는

나는 아직 ㄴㅇㅂ 을 기다리고 있을 테요

모란이 ㄸㄸ ㄸㅇㅈ 버린 날

나는 비로소 ㅂㅇ ㅇㅇ ㅅㅇ 에 잠길 테요

ㅇㅇ 어느 날, 그 하루 ㅁㄷㄷㄴ

ㄸㅇㅈ 누운 ㄲㅇㅁㅈ 시들어 버리고는

ㅊㅈ 에 ㅁㄹ 은 ㅈㅊ 도 없어지고

ㅃㅊ ㅇㄹㄷ 내 보람 ㅅㅇㅋ 무너졌느니

모란이 ㅈㄱ ㅁㅁ 그뿐, ㄴㅎㅎㄴ 다 가고 말아

ㅅㅂ ㅇㅅㄴ 하냥 ㅅㅅㅎ 우옵내다

모란이 피기까지는

나는 ㅇㅈ ㄱㄷㄹㄱ 있을 테요, ㅊㄹㅎ ㅅㅍㅇ ㅂ 을

모란이 ○○○○○

○○ ○○ 나의 봄을 ○○○○ 있을 테요

○○○ 뚝뚝 ○○○ 버린 날

나는 ○○○ 봄을 여읜 ○○○ ○○ 테요

오월 ○○ ○, ○ ○○ 무덥던 날

떨어져 ○○ 꽃잎마저 ○○○ ○○○○

천지에 ○○○ 자취도 ○○○○

뻗쳐 오르던 ○ ○○ 서운케 ○○○○○

○○○ 지고 말면 ○○, 내 한 해는 ○ ○○ ○○

삼백 예순 날 ○○ 섭섭해 ○○○○

모란이 ○○○○○

○○ ○○ 기다리고 ○○ ○○, ○○○ 슬픔의 ○을

모란이

나는

모란이 뚝뚝 떨어져 버린 날

나는

오월 어느 날,

떨어져 누운 꽃잎마저 시들어 버리고는

천지에

뻔

모란이 지고 말면 그뿐,

삼

모란이 피기까지는

나는   , 찬란한 슬

픔의 봄을

내 마음을 아실 이

김영랑

내 마음을 아실 이
내 혼자 마음 날같이 아실 이
그래도 어데나 계실 것이면

내 마음에 때때로 어리우는 티끌과
속임 없는 눈물의 간곡한 방울방울
푸른 밤 고이 맺는 이슬 같은 보람을
보밴 듯 감추었다 내어드리지

아! 그립다
내 혼자 마음 날같이 아실 이
꿈에나 아득히 보이는가

향 맑은 옥돌에 불이 달아
사랑은 타기도 하오련만
불빛에 연긴 듯 희미론 마음은
사랑도 모르리 내 혼자 마음은

STEP1 떠오르는 이미지와 시어에 집중하면서 시를 반복해 읽습니다.

ㄴ ㅁ ㅇ 을 아실 이
ㄴ ㅎ ㅈ ㅁ ㅇ 날같이 아실 이
그래도 어데나 ㄱ ㅅ ㄱ ㅇ ㅁ

내 마음에 때때로 어리우는 ㅌ ㄲ 과
속임 없는 ㄴ ㅁ 의 간곡한 ㅂ ㅇ ㅂ ㅇ
ㅍ ㄹ ㅂ 고이 맺는 ㅇ ㅅ 같은 보람을
보낸 듯 ㄱ ㅊ ㅇ ㄷ 내어드리지

아! ㄱ ㄹ ㄷ
내 혼자 마음 ㄴ ㄱ ㅇ ㅇ ㅅ ㅇ
꿈에나 ㅇ ㄷ ㅎ 보이는가

ㅎ ㅁ ㅇ 옥돌에 불이 달아
사랑은 ㅌ ㄱ ㄷ 하오련만
ㅂ ㅂ 에 연긴 듯 희미론 마음은
사랑도 모르리 내 혼자 마음은

내 마음을 ○○○
내 혼자 마음 ○○○ ○○ ○
그래도 ○○○ 계실 것이면

내 마음에 ○○○ ○○○○ 티끌과
○○ ○○ 눈물의 ○○○ 방울방울
푸른 밤 ○○ ○○ 이슬 같은 ○○○
○○ ○ 감추었다 내어드리지

아! 그립다
○ ○○ ○○ 날같이 아실 이
○○○ 아득히 보이는가

향 맑은 ○○○ 불이 달아
○○○ 타기도 하오련만
불빛에 ○○ ○ 희미론 ○○○
사랑도 ○○○ 내 혼자 마음은

내

내 혼자 마음 날같이 아실 이

그

내 마음에

속임 없는 눈물의 간곡한 방울방울

푸른

보밴 듯 감추었다 내어드리지

아! 그립다

내

꿈에나 아득히 보이는가

향

사랑은 타기도 하오련만

불

사랑도 모르리 내 혼자 마음은

떠나가는 배

박용철

나 두 야 간다
나의 이 젊은 나이를
눈물로야 보낼 거냐
나 두 야 가련다.

아늑한 이 항군들 손쉽게야 버릴 거냐
안개같이 물 어린 눈에도 비치나니
골짜기마다 발에 익은 묏부리 모양
주름살도 눈에 익은 아-사랑하던 사람들

버리고 가는 이도 못 잊는 마음
쫓겨가는 마음인들 무어 다를 거냐
돌아다보는 구름에는 바람이 헤살짓는다
앞 대일 언덕인들 마련이나 있을 거냐

나 두 야 가련다
나의 이 젊은 나이를
눈물로야 보낼 거냐
나 두 야 간다.

STEP1 떠오르는 이미지와 시어에 집중하면서 시를 반복해 읽습니다.

ㄴ ㄷ ㅇ 간다
나의 이 ㅈ ㅇ ㄴ ㅇ 를
ㄴ ㅁ 로야 보낼 거냐
나 두 야 가련다.

아늑한 이 항군들 ㅅ ㅅ ㄱ ㅇ 버릴 거냐
ㅇ ㄱ ㄱ ㅇ 물 어린 눈에도 비치나니
ㄱ ㅉ ㄱ 마다 발에 익은 ㅁ ㅂ ㄹ ㅁ ㅇ
ㅈ ㄹ ㅅ 도 눈에 익은 아-사랑하던 사람들

버리고 가는 이도 ㅁ ㅇ ㄴ ㅁ ㅇ
ㅉ ㄱ ㄱ ㄴ ㅁ ㅇ 인들 무어 다를 거냐
ㄷ ㅇ ㄷ ㅂ ㄴ ㄱ ㄹ 에는 바람이 헤살짓는다
ㅇ ㄷ ㅇ ㅇ ㄷ 인들 마련이나 있을 거냐

나 두 야 ㄱ ㄹ ㄷ
나의 이 젊은 나이를
ㄴ ㅁ ㄹ ㅇ 보낼 거냐
나 두 야 간다.

나 두 야 간다

○○ ○ ○○ 나이를

○○○○ 보낼 거냐

나 두 야 가련다.

○○○ ○ ○○○ 손쉽게야 버릴 거냐

안개같이 ○ ○○ ○○○ 비치나니

골짜기마다 ○○ ○○ ○○○ 모양

주름살도 ○○ 익은 아-○○○○ ○○○

○○○ ○○ ○도 못 잊는 마음

쫓겨가는 마음인들 ○○ ○○ ○○

돌아다보는 구름에는 ○○○ ○○○○○

앞 대일 언덕인들 ○○○○ ○○ ○○

○○○ 가련다

나의 이 ○○ ○○○

○○○○ 보낼 거냐

나 두 야 간다.

나 두 야 간다

나

눈물로야 보낼 거냐

나   .

아

안개같이 물 어린 눈에도 비치나니

골

주름살도 눈에 익은 아–사랑하던 사람들

버리고 가는 이도 못 잊는 마음

쫓

돌아다보는 구름에는 바람이 헤살짓는다

앞

나 두 야 가련다

나

눈

나 두 야 간다.

세월이 가면

박인환

지금 그 사람의 이름은 잊었지만
그의 눈동자 입술은
내 가슴에 있어

바람이 불고
비가 올 때도
나는 저 유리창 밖
가로등 그늘의 밤을 잊지 못하지

사랑은 가고
과거는 남는 것
여름날의 호숫가 가을의 공원
그 벤치 위에
나뭇잎은 떨어지고
나뭇잎은 흙이 되고
나뭇잎에 덮여서
우리들 사랑이 사라진다 해도

지금 그 사람 이름은 잊었지만
그의 눈동자 입술은
내 가슴에 있어
내 서늘한 가슴에 있건만

지금 그 사람의 이름은 잊었지만
그의 눈동자 입술은
내 가슴에 있어

바람이 불고
비가 올 때도
나는 저 유리창 밖
가로등 그늘의 밤을 잊지 못하지

STEP1 떠오르는 이미지와 시어에 집중하면서 시를 반복해 읽습니다.

ㅈㄱ 그 사람의 ㅇㄹ 은 잊었지만

그의 ㄴㄷㅈ ㅇㅅ 은

내 가슴에 있어

ㅂㄹ 이 불고

비가 올 때도

나는 저 ㅇㄹㅊㅂ

가로등 ㄱㄴㅇㅂ 을 잊지 못하지

지금 ○ ○○○ 이름은 ○○○○
○○ ○○○ 입술은
○ ○○○ 있어

바람이 ○○
○○○ 때도
○○ 저 ○○○ 밖
○○○ 그늘의 밤을 ○○ ○○○

지금 그 사람의 이름은 잊었지만

그

내 가슴에 있어

바람이 불고

비

나는 저 유리창 밖

가

사랑은 가고
과거는 남는 것
여름날의 호숫가 가을의 공원
그 벤치 위에
나뭇잎은 떨어지고
나뭇잎은 흙이 되고
나뭇잎에 덮여서
우리들 사랑이 사라진다 해도

지금 그 사람 이름은 잊었지만
그의 눈동자 입술은
내 가슴에 있어
내 서늘한 가슴에 있건만

STEP1 떠오르는 이미지와 시어에 집중하면서 시를 반복해 읽습니다.

ㅅㄹ 은 가고

ㄱㄱ 는 남는 것

ㅇㄹㄴ 의 호숫가 ㄱㅇ 의 공원

그 ㅂㅊ 위에

ㄴㅁㅇ 은 떨어지고

나뭇잎은 ㅎ 이 되고

나뭇잎에 덮여서

ㅇㄹㄷ ㅅㄹ 이 사라진다 해도

지금 ㄱㅅㄹ ㅇㄹ 은 잊었지만

그의 눈동자 입술은

ㄴ ㄱㅅ 에 있어

내 ㅅㄴㅎ 가슴에 있건만

사랑은 ○○

과거는 ○○ 것

여름날의 ○○○ 가을의 ○○

그 벤치 위에

나뭇잎은 ○○○○

나뭇잎은 ○○ ○○

나뭇잎에 ○○○

○○○ 사랑이 ○○○○ 해도

○○ 그 사람 이름은 ○○○○

그의 ○○○ 입술은

내 가슴에 ○○

내 ○○○ ○○○ 있건만

사랑은 가고

과

여름날의 호숫가

그 벤치 위에

나뭇잎은 떨어지고

나

나뭇잎에 덮여서

우

지금 그 사람 이름은 잊었지만

그

내 가슴에 있어

내

청포도

이육사

내 고장 칠월은
청포도가 익어가는 시절

이 마을 전설이 주저리주저리 열리고
먼 데 하늘이 꿈꾸며 알알이 들어와 박혀

하늘 밑 푸른 바다가 가슴을 열고
흰 돛단배가 곱게 밀려서 오면

내가 바라는 손님은 고달픈 몸으로
청포를 입고 찾아온다고 했으니

내 그를 맞아 이 포도를 따 먹으면
두 손은 함뿍 적셔도 좋으련

아이야, 우리 식탁엔 은쟁반에
하이얀 모시 수건을 마련해 두렴

STEP1 떠오르는 이미지와 시어에 집중하면서 시를 반복해 읽습니다.

내 고장 ㅊㅇ은
ㅊㅍㄷ가 익어가는 시절

이 마을 ㅈㅅ이 ㅈㅈㄹㅈㅈㄹ 열리고
먼 데 ㅎㄴ이 ㄲㄲㅁ 알알이 들어와 박혀

ㅎㄴ 밑 푸른 바다가 ㄱㅅ을 열고
흰 ㄷㄷㅂ가 곱게 밀려서 오면

내가 바라는 ㅅㄴ은 고달픈 몸으로
청포를 입고 ㅊㅇㅇㄷㄱ 했으니

내 그를 맞아 이 ㅍㄷ를 따 먹으면
ㄷㅅ은 함뿍 적셔도 좋으련

아이야, 우리 식탁엔 ㅇㅈㅂ에
하이얀 ㅁㅅㅅㄱ을 마련해 두렴

◯◯◯ 칠월은
청포도가 ◯◯◯◯ 시절

◯◯◯ ◯◯◯ 주저리주저리 열리고
◯◯ 하늘이 꿈꾸며 ◯◯◯ ◯◯◯ 박혀

하늘 밑 ◯◯ ◯◯◯ 가슴을 열고
흰 돛단배가 ◯◯ ◯◯◯ 오면

내가 바라는 손님은 ◯◯◯ ◯◯◯
◯◯◯ ◯◯ 찾아온다고 했으니

◯◯ ◯◯ ◯◯ 이 포도를 따 먹으면
두 손은 ◯◯ ◯◯◯ 좋으련

아이야, ◯◯ ◯◯◯ 은쟁반에
◯◯◯ 모시 수건을 ◯◯◯ 두렴

내 고장 칠월은
청

이 마을 전설이 주저리주저리 열리고
먼 데

하늘 밑
흰

내가 바라는 손님은 고달픈 몸으로
청

내
두 손은 함뿍 적셔도 좋으련

아이야,
하

광야

이육사

까마득한 날에
하늘이 처음 열리고
어데 닭 우는 소리 들렸으랴.

모든 산맥들이
바다를 연모해 휘달릴 때도
차마 이곳을 범하던 못하였으리라.

끊임없는 광음을
부지런한 계절이 피어선 지고
큰 강물이 비로소 길을 열었다.

지금 눈 내리고
매화 향기 홀로 아득하니,
내 여기 가난한 노래의 씨를 뿌려라.

다시 천고의 뒤에
백마 타고 오는 초인이 있어
이 광야에서 목놓아 부르게 하리라.

STEP1 떠오르는 이미지와 시어에 집중하면서 시를 반복해 읽습니다.

ㄲㅁㄷㅎ 날에
ㅎㄴㅇ 처음 열리고
어데 ㄷ ㅇㄴ 소리 들렸으랴.

모든 ㅅㅁ 들이
ㅂㄷ 를 연모해 휘달릴 때도
차마 ㅇㄱㅇ 범하던 못하였으리라.

끊임없는 ㄱㅇ 을
부지런한 ㄱㅈ 이 피어선 지고
ㅋ ㄱㅁ 이 비로소 길을 열었다.

지금 ㄴ 내리고
ㅁㅎ ㅎㄱ 홀로 아득하니,
내 여기 가난한 ㄴㄹㅇ ㅆ 를 뿌려라.

다시 ㅊㄱ 의 뒤에
ㅂㅁ 타고 오는 ㅊㅇ 이 있어
이 ㄱㅇ 에서 목놓아 부르게 하리라.

까마득한 ○○
하늘이 ○○ ○○○
어데 ○ ○○ ○○ 들렸으랴.

모든 ○○○○
바다를 연모해 ○○○ ○○
○○ ○○○ 범하던 못하였으리라.

○○○○ 광음을
○○○○ ○○○ 피어선 지고
큰 강물이 ○○○ ○○ 열었다.

○○ 눈 내리고
매화 향기 ○○ ○○○○,
내 여기 ○○○ ○○○ ○○ 뿌려라.

○○ 천고의 뒤에
백마 타고 오는 ○○○ ○○
이 광야에서 ○○○ ○○○ 하리라.

까마득한 날에

하

어데 닭 우는 소리 들렸으랴.

모든 산맥들이

바

차마 이곳을 범하던 못하였으리라.

끊

부지런한 계절이 피어선 지고

큰

지

매화 향기 홀로 아득하니,

내

다시 천고의 뒤에

백

이

길

윤동주

잃어 버렸습니다.
무얼 어디다 잃었는지 몰라
두 손이 주머니를 더듬어
길에 나갑니다.

돌과 돌과 돌이 끝없이 연달아
길은 돌담을 끼고 갑니다.

담은 쇠문을 굳게 닫아
길 위에 긴 그림자를 드리우고

길은 아침에서 저녁으로
저녁에서 아침으로 통했습니다.

돌담을 더듬어 눈물짓다
쳐다보면 하늘은 부끄럽게 푸릅니다.

풀 한 포기 없는 이 길을 걷는 것은
담 저쪽에 내가 남아 있는 까닭이고,

내가 사는 것은, 다만,
잃은 것을 찾는 까닭입니다.

길 ①

잃어 버렸습니다.
무얼 어디다 잃었는지 몰라
두 손이 주머니를 더듬어
길에 나갑니다.

돌과 돌과 돌이 끝없이 연달아
길은 돌담을 끼고 갑니다.

담은 쇠문을 굳게 닫아
길 위에 긴 그림자를 드리우고

길은 아침에서 저녁으로
저녁에서 아침으로 통했습니다.

STEP1 떠오르는 이미지와 시어에 집중하면서 시를 반복해 읽습니다.

잃어 버렸습니다.

ㅁㅇ ㅇㄷㄷ 잃었는지 몰라

두 손이 ㅈㅁㄴ 를 더듬어

ㄱㅇ 나갑니다.

ㄷㄱ ㄷㄱ ㄷㅇ 끝없이 연달아

길은 ㄷㄷ 을 끼고 갑니다.

담은 ㅅㅁ 을 굳게 닫아

길 위에 ㄱ ㄱㄹㅈ 를 드리우고

길은 ㅇㅊ 에서 ㅈㄴ 으로

ㅈㄴ 에서 ㅇㅊ 으로 통했습니다.

잃어 버렸습니다.

무얼 ○○○ ○○○○ 몰라

○ ○○ 주머니를 ○○○

길에 나갑니다.

돌과 돌과 돌이 ○○○ ○○○

길은 돌담을 ○○ ○○○.

○○ 쇠문을 ○○ ○○

○ ○○ 긴 그림자를 ○○○○

○○ 아침에서 저녁으로

저녁에서 아침으로 ○○○○○.

잃어 버렸습니다.

무

두

길에 나갑니다.

돌

길은 돌담을 끼고 갑니다.

담은 쇠문을 굳게 닫아

길

길은 아침에서 저녁으로

저   .

돌담을 더듬어 눈물짓다
쳐다보면 하늘은 부끄럽게 푸릅니다.

풀 한 포기 없는 이 길을 걷는 것은
담 저쪽에 내가 남아 있는 까닭이고,

내가 사는 것은, 다만,
잃은 것을 찾는 까닭입니다.

STEP1 떠오르는 이미지와 시어에 집중하면서 시를 반복해 읽습니다.

돌담을 더듬어 ㄴ ㅁ ㅈ ㄷ

쳐다보면 ㅎ ㄴ 은 부끄럽게 ㅍ ㄹ ㄴ ㄷ.

ㅍ ㅎ ㅍ ㄱ 없는 이 길을 걷는 것은

ㄷ ㅈ ㅉ 에 내가 남아 있는 까닭이고,

내가 ㅅ ㄴ ㄱ 은, 다만,

ㅇ ㅇ ㄱ 을 찾는 까닭입니다.

○○○ ○○○ 눈물짓다
○○○○ 하늘은 ○○○○ 푸릅니다.

풀 한 포기 없는 ○ ○○ ○○ ○은
담 저쪽에 내가 ○○ ○○ ○○이고,

내가 사는 것은, ○○,
잃은 것을 ○○ ○○입니다.

돌담을 더듬어 눈물짓다

쳐⬛⬛⬛⬛⬛⬛⬛⬛⬛⬛⬛⬛⬛⬛⬛⬛.

풀⬛⬛⬛⬛⬛⬛⬛⬛⬛⬛⬛⬛⬛⬛⬛⬛

담 저쪽에 내가 남아 있는 까닭이고,

내가 사는 것은, 다만,

잃⬛⬛⬛⬛⬛⬛⬛⬛⬛⬛⬛⬛⬛.

자화상

윤동주

산모퉁이를 돌아 논가 외딴 우물을 홀로 찾아가선
가만히 들여다봅니다.

우물 속에는 달이 밝고 구름이 흐르고
하늘이 펼치고 파아란 바람이 불고 가을이 있습니다.

그리고 한 사나이가 있습니다.
어쩐지 그 사나이가 미워져 돌아갑니다.

돌아가다 생각하니 그 사나이가 가엾어집니다.
도로 가 들여다보니 사나이는 그대로 있습니다.

다시 그 사나이가 미워져 돌아갑니다.
돌아가다 생각하니 그 사나이가 그리워집니다.

우물 속에는 달이 밝고 구름이 흐르고
하늘이 펼치고 파아란 바람이 불고 가을이 있고
추억처럼 사나이가 있습니다.

STEP1 떠오르는 이미지와 시어에 집중하면서 시를 반복해 읽습니다.

산모퉁이를 돌아 ㄴㄱ ㅇㄸ ㅇㅁㅇ 홀로 찾아가선
ㄱㅁㅎ 들여다봅니다.

우물 속에는 ㄷㅇ 밝고 ㄱㄹㅇ 흐르고
ㅎㄹㅇ 펼치고 ㅍㅇㄹ ㅂㄹㅇ 불고 ㄱㅇㅇ 있습니다.

그리고 한 ㅅㄴㅇ 가 있습니다.
ㅇㅉㅈ 그 사나이가 미워져 돌아갑니다.

돌아가다 생각하니 그 사나이가 ㄱㅇㅇㅈㄴㄷ.
도로 가 ㄷㅇㄷㅂㄴ 사나이는 그대로 있습니다.

다시 그 사나이가 ㅁㅇㅈ 돌아갑니다.
돌아가다 생각하니 그 사나이가 ㄱㄹㅇㅈㄴㄷ.

ㅇㅁㅅㅇㄴ 달이 ㅂㄱ 구름이 ㅎㄹㄱ
하늘이 ㅍㅊㄱ 파아란 바람이 ㅂㄱ 가을이 ㅇㄱ
ㅊㅇㅊㄹ 사나이가 있습니다.

101

○○○○○○ ○○ 논가 외딴 우물을 ○○ ○○○○
가만히 ○○○○○○.

○○ ○○○ 달이 ○○ 구름이 ○○○
하늘이 ○○○ 파아란 바람이 ○○ 가을이 있습니다.

○○○○ 한 사나이가 있습니다.
어쩐지 그 사나이가 ○○○ ○○○○○.

○○○○○ ○○○○○ 그 사나이가 가엾어집니다.
○○ ○ 들여다보니 사나이는 ○○○ ○○○○.

○○ ○ ○○○○○ 미워져 돌아갑니다.
돌아가다 생각하니 ○ ○○○○○ 그리워집니다.

우물 속에는 ○○ 밝고 ○○○ 흐르고
○○○ 펼치고 ○○○ ○○○ 불고 ○○○ 있고
추억처럼 ○○○○ 있습니다.

산

가만히 들여다봅니다.

우

하늘이 펼치고 파아란 바람이 불고 가을이 있습니다.

그리고 한 사나이가 있습니다.

어

돌아가다 생각하니 그 사나이가 가엾어집니다.

도

다시 그 사나이가 미워져 돌아갑니다.

돌

우물 속에는 달이 밝고 구름이 흐르고

하

추

님의 침묵

한용운

님은 갔습니다. 아아, 사랑하는 나의 님은 갔습니다.

푸른 산빛을 깨치고 단풍나무 숲을 향하여 난 작은 길을 걸어서 차마 떨치고 갔습니다.

황금의 꽃같이 굳고 빛나던 옛 맹세는 차디찬 티끌이 되어서 한숨의 미풍에 날아갔습니다.

날카로운 첫 키스의 추억은 나의 운명의 지침을 돌려 놓고 뒷걸음쳐서 사라졌습니다.

나는 향기로운 님의 말소리에 귀먹고 꽃다운 님의 얼굴에 눈멀었습니다.

사랑도 사람의 일이라 만날 때에 미리 떠날 것을 염려하고 경계하지 아니한 것은 아니지만, 이별은 뜻밖의 일이 되고 놀란 가슴은 새로운 슬픔에 터집니다.

그러나 이별은 쓸데없는 눈물의 원천을 만들고 마는 것은 스스로 사랑을 깨치는 것인 줄 아는 까닭에 걷잡을 수 없는 슬픔의 힘을 옮겨서 새 희망의 정수박이에 들어부었습니다.

우리는 만날 때에 떠날 것을 염려하는 것과 같이 떠날 때에 다시 만날 것을 믿습니다.

아아, 님은 갔지마는 나는 님을 보내지 아니하였습니다.

제 곡조를 못 이기는 사랑의 노래는 님의 침묵을 휩싸고 돕니다.

님은 갔습니다. 아아, 사랑하는 나의 님은 갔습니다.

푸른 산빛을 깨치고 단풍나무 숲을 향하여 난 작은 길을 걸어서 차마 떨치고 갔습니다.

황금의 꽃같이 굳고 빛나던 옛 맹세는 차디찬 티끌이 되어서 한숨의 미풍에 날아갔습니다.

날카로운 첫 키스의 추억은 나의 운명의 지침을 돌려 놓고 뒷걸음쳐서 사라졌습니다.

나는 향기로운 님의 말소리에 귀먹고 꽃다운 님의 얼굴에 눈멀었습니다.

STEP1 떠오르는 이미지와 시어에 집중하면서 시를 반복해 읽습니다.

님은 갔습니다. 아아, ㅅㄹㅎㄴ ㄴㅇ ㄴ 은 갔습니다.

ㅍㄹ ㅅㅂ 을 깨치고 ㄷㅍㄴㅁ ㅅ 을 향하여 난 ㅈㅇ ㄱ 을

걸어서 차마 떨치고 갔습니다.

ㅎㄱㅇ ㄲ 같이 굳고 빛나던 ㅇ ㅁㅅ 는 ㅊㄷㅊ ㅌㄲ 이 되

어서 ㅎㅅㅇ ㅁㅍ 에 날아갔습니다.

날카로운 ㅊ ㅋㅅㅇ ㅊㅇ 은 나의 ㅇㅁㅇ ㅈㅊ 을 돌려 놓

고 뒷걸음쳐서 사라졌습니다.

나는 향기로운 ㄴㅇ ㅁㅅㄹ 에 귀먹고 꽃다운 ㄴㅇ ㅇㄱ 에

눈멀었습니다.

님은 ○○○○. 아아, ○○○○○ ○○ ○○ 갔습니다.
푸른 ○○○ ○○○ 단풍나무 ○○ ○○○ 난 작은 길
을 걸어서 ○○ ○○○ 갔습니다.
황금의 꽃같이 ○○ ○○○ 옛 맹세는 ○○○ ○○○
되어서 한숨의 미풍에 ○○○○○○.
○○○○ ○ ○○○ 추억은 나의 운명의 지침을 ○○
○○ ○○○○○ 사라졌습니다.
나는 ○○○○ 님의 말소리에 ○○○ ○○○ 님의 얼굴
에 ○○○○○○.

님은 갔습니다. 아아, ________________.

푸른 산빛을 깨치고 ________________

____

________________.

황금의 ________________

____

________________.

날카로운 첫 키스의 추억은 나의 운명의 지침을 돌려 놓고 뒷걸음쳐서 사라졌습니다.

나는 ________________.

사랑도 사람의 일이라 만날 때에 미리 떠날 것을 염려하고 경계하지 아니한 것은 아니지만, 이별은 뜻밖의 일이 되고 놀란 가슴은 새로운 슬픔에 터집니다.

그러나 이별은 쓸데없는 눈물의 원천을 만들고 마는 것은 스스로 사랑을 깨치는 것인 줄 아는 까닭에 걷잡을 수 없는 슬픔의 힘을 옮겨서 새 희망의 정수박이에 들어부었습니다.

우리는 만날 때에 떠날 것을 염려하는 것과 같이 떠날 때에 다시 만날 것을 믿습니다.

아아, 님은 갔지마는 나는 님을 보내지 아니하였습니다.

제 곡조를 못 이기는 사랑의 노래는 님의 침묵을 휩싸고 돕니다.

STEP1 떠오르는 이미지와 시어에 집중하면서 시를 반복해 읽습니다.

사랑도 ㅅㄹㅇ ㅇ 이라 만날 때에 미리 떠날 것을 염려하고
ㄱㄱㅎㅈ 아니한 것은 아니지만, 이별은 ㄸㅂㅇ ㅇ 이 되고
ㄴㄹ ㄱㅅ은 ㅅㄹㅇ ㅅㅍ 에 터집니다.

그러나 이별은 쓸데없는 ㄴㅁㅇ ㅇㅊ 을 만들고 마는 것은 스
스로 사랑을 깨치는 것인 줄 ㅇㄴ ㄲㄷ 에 걷잡을 수 없는 ㅅ
ㅍㅇ ㅎ 을 옮겨서 ㅅ ㅎㅁㅇ ㅈㅅㅂㅇ 에 들어부었습니다.

우리는 ㅁㄴ ㄸㅇ ㄸㄴ ㄱ 을 염려하는 것과 같이 떠날 때에
ㄷㅅ ㅁㄴ ㄱ 을 믿습니다.

아아, 님은 갔지마는 ㄴㄴ ㄴㅇ ㅂㄴㅈ 아니하였습니다.

ㅈ ㄱㅈ 를 못 이기는 ㅅㄹㅇ ㄴㄹ 는 ㄴㅇ ㅊㅁ 을 휩싸고
돕니다.

○○○ 사람의 일이라 ○○ ○○ ○○ ○○ ○○ 염려

하고 경계하지 아니한 것은 아니지만, ○○○ ○○○ ○

○ 되고 놀란 가슴은 새로운 ○○○ ○○○○.

그러나 ○○○ ○○○○ 눈물의 원천을 ○○○ ○○

것은 ○○○ ○○○ 깨치는 것인 줄 아는 까닭에 ○○○

○ ○○ 슬픔의 힘을 옮겨서 ○ ○○○ 정수박이에 들어부

었습니다.

우리는 만날 때에 ○○ ○○ ○○○○ 것과 같이 ○○

○○ 다시 만날 것을 ○○○○.

아아, ○○ ○○○○ 나는 님을 보내지 아니하였습니다.

제 곡조를 ○ ○○○ 사랑의 노래는 님의 침묵을 ○○○

○○○.

사랑도 사람의 일이라 만날 때에 미리 떠날 것을 염려하고 경계하지 아니한 것은 아니지만, 이별은 ███████

█████████████████████

██████.

그러나 ███████████████

███████████████████

████████ 걷잡을 수 없는 슬픔의 힘을 옮겨서 새 희망의 정수박이에 들어부었습니다.

우리는 ██████████████

██████████████████

█████.

아아, 님은 갔지마는 나는 님을 보내지 아니하였습니다.

제 ██████████████████████████.

참회록

윤동주

파란 녹이 낀 구리거울 속에
내 얼굴이 남아 있는 것은
어느 왕조의 유물이기에
이다지도 욕될까.

나는 나의 참회의 글을 한 줄에 줄이자.
−만 이십사 년 일 개월을
무슨 기쁨을 바라 살아왔던가.

내일이나 모레나 그 어느 즐거운 날에
나는 또 한 줄의 참회록을 써야 한다.
−그때 그 젊은 나이에
왜 그런 부끄런 고백을 했던가.

밤이면 밤마다 나의 거울을
손바닥으로 발바닥으로 닦아 보자.

그러면 어느 운석 밑으로 홀로 걸어가는
슬픈 사람의 뒷모양이
거울 속에 나타나 온다.

파란 녹이 낀 구리거울 속에
내 얼굴이 남아 있는 것은
어느 왕조의 유물이기에
이다지도 욕될까.

나는 나의 참회의 글을 한 줄에 줄이자.
-만 이십사 년 일 개월을
무슨 기쁨을 바라 살아왔던가.

내일이나 모레나 그 어느 즐거운 날에
나는 또 한 줄의 참회록을 써야 한다.
-그때 그 젊은 나이에
왜 그런 부끄런 고백을 했던가.

STEP1 떠오르는 이미지와 시어에 집중하면서 시를 반복해 읽습니다.

파란 녹이 낀 ㄱㄹㄱㅇ 속에

내 ㅇㄱㅇ 남아 있는 것은

어느 왕조의 ㅇㅁ 이기에

ㅇㄷㅈㄷ 욕될까.

나는 나의 ㅊㅎㅇ ㄱㅇ 한 줄에 줄이자.

-만 ㅇㅅㅅ 년 일 개월을

무슨 ㄱㅃㅇ 바라 살아왔던가.

내일이나 모레나 그 ㅇㄴ ㅈㄱㅇㄴ에

나는 또 한 줄의 ㅊㅎㄹ을 써야 한다.

-그때 그 ㅈㅇ ㄴㅇ에

왜 그런 ㅂㄲㄹ ㄱㅂ을 했던가.

○○ ○○ ○ 구리거울 속에
내 얼굴이 ○○ ○○ ○○
○○ ○○○ 유물이기에
이다지도 ○○○.

나는 나의 참회의 글을 ○ ○○ ○○○.
-만 이십사 년 ○ ○○○
무슨 기쁨을 ○○ ○○○○○.

○○○○ ○○○ 그 어느 즐거운 날에
○○ ○ ○ ○○ 참회록을 써야 한다.
-그때 그 젊은 나이에
○ ○○ ○○○ 고백을 했던가.

파

내 얼굴이 남아 있는 것은

어

이다지도 욕될까.

나   .

-만 이십사 년 일 개월을

무   .

내

나는 또 한 줄의 참회록을 써야 한다.

-그때 그 젊은 나이에

왜   .

밤이면 밤마다 나의 거울을
손바닥으로 발바닥으로 닦아 보자.

그러면 어느 운석 밑으로 홀로 걸어가는
슬픈 사람의 뒷모양이
거울 속에 나타나 온다.

STEP1 떠오르는 이미지와 시어에 집중하면서 시를 반복해 읽습니다.

밤이면 밤마다 ㄴㅇ ㄱㅇ 을

ㅅㅂㄷ 으로 ㅂㅂㄷ 으로 닦아 보자.

그러면 어느 ㅇㅅ ㅁㅇㄹ 홀로 걸어가는

ㅅㅍ ㅅㄹ 의 뒷모양이

ㄱㅇ ㅅ 에 나타나 온다.

◯◯◯ ◯◯◯ 나의 거울을
손바닥으로 발바닥으로 ◯◯ ◯◯.

◯◯◯ 어느 운석 밑으로 ◯◯ ◯◯◯◯
슬픈 사람의 ◯◯◯◯
거울 속에 ◯◯◯ ◯◯.

밤이면 밤마다 나의 거울을

손

그

슬픈 사람의 뒷모양이

거

별 헤는 밤

윤동주

계절이 지나가는 하늘에는
가을로 가득 차 있습니다.

나는 아무 걱정도 없이
가을 속의 별들을 다 헤일 듯합니다.

가슴 속에 하나 둘 새겨지는 별을
이제 다 못 헤는 것은
쉬이 아침이 오는 까닭이요,
내일 밤이 남은 까닭이요,
아직 나의 청춘이 다하지 않은 까닭입니다.

별 하나에 추억과
별 하나에 사랑과
별 하나에 쓸쓸함과
별 하나에 동경과
별 하나에 시와
별 하나에 어머니, 어머니

어머님, 나는 별 하나에 아름다운 말 한 마디씩 불러 봅니다. 소학교 때 책상을 같이했던 아이들의 이름과, 패, 경, 옥, 이런 이국 소녀들의 이름과, 벌써 아기 어머니 된 계집애들의 이름과, 가난한 이웃 사람들의 이름과, 비둘기, 강아지, 토끼, 노새, 노루, '프랑시스 잠', '라이너 마리아 릴케', 이런 시인의 이름을 불러 봅니다.

이네들은 너무나 멀리 있습니다.
별이 아스라이 멀듯이,

어머님,
그리고 당신은 멀리 북간도에 계십니다.

나는 무엇인지 그리워
이 많은 별빛이 내린 언덕 위에
내 이름자를 써 보고,
흙으로 덮어 버리었습니다.

딴은 밤을 새워 우는 벌레는
부끄러운 이름을 슬퍼하는 까닭입니다.

그러나 겨울이 지나고 나의 별에도 봄이 오면
무덤 위에 파란 잔디가 피어나듯이
내 이름자 묻힌 언덕 위에도
자랑처럼 풀이 무성할 게외다.

시어에 집중하며 시 전체를 읽어봅니다. 이후 세 번에 나누어 암기합니다.

계절이 지나가는 하늘에는
가을로 가득 차 있습니다.

나는 아무 걱정도 없이
가을 속의 별들을 다 헤일 듯합니다.

가슴 속에 하나 둘 새겨지는 별을
이제 다 못 헤는 것은
쉬이 아침이 오는 까닭이요,
내일 밤이 남은 까닭이요,
아직 나의 청춘이 다하지 않은 까닭입니다.

별 하나에 추억과
별 하나에 사랑과
별 하나에 쓸쓸함과
별 하나에 동경과
별 하나에 시와
별 하나에 어머니, 어머니

STEP1 떠오르는 이미지와 시어에 집중하면서 시를 반복해 읽습니다.

ㄱㅈ 이 지나가는 ㅎㄴ 에는
가을로 ㄱㄷㅊ 있습니다.

나는 아무 ㄱㅈㄷ ㅇㅇ
ㄱㅇㅅ 의 별들을 다 헤일 듯합니다.

ㄱㅅㅅ 에 하나 둘 새겨지는 별을
이제 다 못 헤는 것은
쉬이 ㅇㅊㅇ ㅇㄴ 까닭이요,
내일 ㅂㅇ ㄴㅇ 까닭이요,
아직 나의 ㅊㅊㅇ ㄷㅎㅈ ㅇㅇ 까닭입니다.

별 하나에 ㅊㅇ 과
별 하나에 ㅅㄹ 과
별 하나에 ㅆㅆㅎ 과
별 하나에 ㄷㄱ 과
별 하나에 ㅅ 와
별 하나에 ㅇㅁㄴ , 어머니

계절이 ○○○○ 하늘에는
○○○ 가득 차 있습니다.

나는 ○○ ○○○ 없이
가을 속의 별들을 ○ ○○ ○○○○.

가슴 속에 ○○ ○ ○○○ 별을
이제 다 ○ ○○ ○○
○○ ○○○ 오는 까닭이요,
○○ ○○ 남은 까닭이요,
○○ ○○ ○○○ 다하지 않은 까닭입니다.

별 하나에 ○○○
별 하나에 ○○○
별 하나에 ○○○○
별 하나에 ○○○
별 하나에 ○○
별 하나에 ○○○, ○○○

계

가을로 가득 차 있습니다.

나는 아무 걱정도 없이

가

가

이제 다 못 헤는 것은

쉬 ,

내일 밤이 남은 까닭이요,

아 .

별 하나에 추억과

별

별 하나에 쓸쓸함과

별

별 하나에 시와

별

어머님, 나는 별 하나에 아름다운 말 한 마디씩 불러 봅니다. 소학
교 때 책상을 같이했던 아이들의 이름과, 패, 경, 옥, 이런 이국 소
녀들의 이름과, 벌써 아기 어머니 된 계집애들의 이름과, 가난한
이웃 사람들의 이름과, 비둘기, 강아지, 토끼, 노새, 노루, '프랑시
스 잠', '라이너 마리아 릴케', 이런 시인의 이름을 불러 봅니다.

이네들은 너무나 멀리 있습니다.
별이 아스라이 멀듯이,

어머님,
그리고 당신은 멀리 북간도에 계십니다.

STEP1 떠오르는 이미지와 시어에 집중하면서 시를 반복해 읽습니다.

어머님, 나는 ㅂㅎㄴ 에 아름다운 ㅁㅎㅁㄷㅆ 불러 봅니다. 소학교 때 ㅊㅅ 을 같이했던 아이들의 이름과, ㅍ, ㄱ, ㅇ, 이런 이국 소녀들의 이름과, 벌써 ㅇㄱㅇㅁㄴ 된 계집애들의 이름과, ㄱㄴㅎ ㅇㅇ 사람들의 이름과, ㅂㄷㄱ, ㄱㅇㅈ, ㅌㄲ, 노새, 노루, '프랑시스 잠', 'ㄹㅇㄴ ㅁㄹㅇㄹㅋ', 이런 ㅅㅇ 의 이름을 불러 봅니다.

이네들은 너무나 ㅁㄹ 있습니다.
별이 ㅇㅅㄹㅇ 멀듯이,

어머님,
그리고 당신은 멀리 ㅂㄱㄷ 에 계십니다.

어머님, 나는 별 하나에 ○○○○ 말 한 마디씩 불러 봅니다.
○○○ ○ 책상을 같이했던 ○○○○ ○○○, 패, 경, 옥,
이런 ○○ ○○○○ 이름과, 벌써 아기 어머니 된 ○○○
○○ 이름과, ○○○ ○○ 사람들의 이름과, 비둘기, ○○
○, 토끼, ○○, 노루, '○○○○ ○', '라이너 마리아 릴케',
이런 ○○○ ○○○ 불러 봅니다.

○○○○○ 너무나 멀리 있습니다.
○○ 아스라이 멀듯이,

어머님,
그리고 ○○○ ○○ 북간도에 계십니다.

어머님,

　　　　　　　　　　　　　　　　　　. 소학교 때 책상을 같이했던 아이들의 이름과, 패, 경, 옥, 이런 이국 소녀들의 이름과, 벌써 아기 어머니 된 계집애들의 이름과, 가난한 이웃 사람들의 이름과, 비둘기, 강아지, 토끼, 노새, 노루, '프랑시스 잠', '라이너 마리아 릴케', 이런 시인의 이름을 불러 봅니다.

이　　　　　　　　　　　　　　　　　　.
별이 아스라이 멀듯이,

어머님,
그　　　　　　　　　　　　　　　　　　.

나는 무엇인지 그리워
이 많은 별빛이 내린 언덕 위에
내 이름자를 써 보고,
흙으로 덮어 버리었습니다.

딴은 밤을 새워 우는 벌레는
부끄러운 이름을 슬퍼하는 까닭입니다.

그러나 겨울이 지나고 나의 별에도 봄이 오면
무덤 위에 파란 잔디가 피어나듯이
내 이름자 묻힌 언덕 위에도
자랑처럼 풀이 무성할 게외다.

STEP1 떠오르는 이미지와 시어에 집중하면서 시를 반복해 읽습니다.

나는 ㅁㅇㅇㅈ 그리워

이 많은 별빛이 내린 ㅇㄷ ㅇ에

내 ㅇㄹㅈ를 써 보고,

ㅎ ㅇ ㄹ 덮어 버리었습니다.

딴은 밤을 새워 ㅇㄴ ㅂㄹ는

ㅂㄲㄹㅇ ㅇㄹ을 슬퍼하는 까닭입니다.

그러나 ㄱㅇ이 지나고 ㄴㅇ ㅂ에도 봄이 오면

ㅁㄷ ㅇ에 파란 잔디가 피어나듯이

내 이름자 묻힌 ㅇㄷ ㅇ에도

ㅈㄹㅊㄹ 풀이 무성할 게외다.

나는 무엇인지 ○○○
이 ○○ ○○○ ○○ 언덕 위에
내 이름자를 ○ ○○,
흙으로 ○○ 버리었습니다.

딴은 ○○ ○○ 우는 벌레는
부끄러운 이름을 ○○○○ ○○입니다.

○○○ 겨울이 지나고 나의 별에도 ○○ ○○
무덤 위에 ○○ ○○○ 피어나듯이
○ ○○○ 묻힌 언덕 위에도
자랑처럼 풀이 ○○○ ○○○.

나는 무엇인지 그리워

이

내 이름자를 써 보고,

흙

딴은 밤을 새워 우는 벌레는

부

그

무덤 위에 파란 잔디가 피어나듯이

내

자랑처럼 풀이 무성할 게외다.

꽃에 물 주는 뜻은

오일도

꽃물 주는 뜻은
봄 오거던 꽃 피라는 말입니다.

남들이 말합니다.
마른 이 땅 위에 어이 꽃 필까

그러나 나는 뜰에 나가서
꽃에 물을 줍니다.
자모의 봄바람이 불어 오거든
보옵소서 담뿍 저 가지에 피는 붉은 꽃을

한 포기 작은 꽃에
물 주는 뜻은
여름 오거든 잎 자라라는 탓입니다.

남들이 말하기를 ―
가을 오거든 열매 맺으라는 탓입니다.
남들이 말하기를
돌과 모래 위에 어이 열매 맺을까

그러나 나는
꽃에 물을 줍니다.
황금의 가을 볕 쪼일 제
보옵소, 저 가지에 익어 달린 누런 열매를.
폐라운 이 땅 위에 어이 잎 자라날까

그러나 나는 날마다 쉬지 않고
꽃에 물을 줍니다.
여름 하늘 젖비가 나리거든
보옵소, 가득 저 가지에 피는 푸른 잎을.

한 포기 작은 꽃에
물 주는 뜻은
한 포기 작은 꽃에
물 주는 뜻은
님의 마음을 아니 어기랴는 탓입니다.

꽃 필 때에는 안 오셨으나
잎 필 때에도 안 오셨으나
열매 맺을 때에야 설마 아니 오실까.

오늘도 나는 뜰에 나가서
물을 줍니다. 꽃에 물을 줍니다.

시어에 집중하며 시 전체를 읽어봅니다. 이후 세 번에 나누어 암기합니다.

꽃물 주는 뜻은
봄 오거던 꽃 피라는 말입니다.

남들이 말합니다.
마른 이 땅 위에 어이 꽃 필까

그러나 나는 뜰에 나가서
꽃에 물을 줍니다.
자모의 봄바람이 불어 오거든
보옵소서 담뿍 저 가지에 피는 붉은 꽃을

한 포기 작은 꽃에
물 주는 뜻은
여름 오거든 잎 자라라는 탓입니다.

STEP1 떠오르는 이미지와 시어에 집중하면서 시를 반복해 읽습니다.

☐☐ 주는 뜻은

봄 오거던 ☐☐☐☐ 말입니다.

남들이 말합니다.

☐☐☐☐ 위에 어이 꽃 필까

그러나 나는 ☐☐ 나가서

꽃에 ☐☐ 줍니다.

자모의 ☐☐☐ 이 불어 오거든

보옵소서 담뿍 저 가지에 피는 ☐☐☐을

한 포기 ☐☐☐에

물 주는 뜻은

여름 오거든 ☐☐☐☐☐ 탓입니다.

꽃물 ○○ ○○
○ ○○○ 꽃 피라는 말입니다.

○○○ 말합니다.
마른 이 땅 위에 ○○ ○ ○○

○○○ ○○ 뜰에 나가서
○○ 물을 줍니다.
○○○ 봄바람이 불어 오거든
○○○○ ○○ 저 가지에 피는 붉은 꽃을

○ ○○ 작은 꽃에
물 주는 뜻은
○○ ○○○ 잎 자라라는 탓입니다.

꽃물 주는 뜻은
봄   .

남들이 말합니다.
마

그
꽃에 물을 줍니다.
자
보옵소서 담뿍 저 가지에 피는 붉은 꽃을

한
물 주는 뜻은
여름 오거든 잎 자라라는 탓입니다.

남들이 말하기를 —
가을 오거든 열매 맺으라는 탓입니다.
남들이 말하기를
돌과 모래 위에 어이 열매 맺을까

그러나 나는
꽃에 물을 줍니다.
황금의 가을 볕 쪼일 제
보옵소, 저 가지에 익어 달린 누런 열매를.
폐라운 이 땅 위에 어이 잎 자라날까

그러나 나는 날마다 쉬지 않고
꽃에 물을 줍니다.
여름 하늘 젖비가 나리거든
보옵소, 가득 저 가지에 피는 푸른 잎을.

STEP1 떠오르는 이미지와 시어에 집중하면서 시를 반복해 읽습니다.

남들이 말하기를 —

가을 오거든 ○ㅁ ㅁㅇㄹㄴ 탓입니다.

남들이 말하기를

ㄷㄱ ㅁㄹ 위에 어이 열매 맺을까

그러나 나는

꽃에 물을 줍니다.

황금의 ㄱㅇ ㅂ 쪼일 제

보옵소, 저 가지에 ○○ ㄷㄹ 누런 열매를.

폐라운 ○ ㄸ ○○ 어이 잎 자라날까

그러나 나는 ㄴㅁㄷ 쉬지 않고

꽃에 물을 줍니다.

○ㄹ ㅎㄴ 젖비가 나리거든

보옵소, 가득 저 가지에 피는 ㅍㄹ ○을.

◯◯◯ 말하기를 —

◯◯ ◯◯◯ 열매 맺으라는 탓입니다.

◯◯◯ 말하기를

돌과 모래 위에 ◯◯ ◯◯ ◯◯◯

◯◯◯ 나는

꽃에 물을 줍니다.

◯◯◯ 가을 볕 쪼일 제

보옵소, 저 가지에 익어 달린 ◯◯ ◯◯◯.

◯◯◯ 이 땅 위에 어이 잎 자라날까

그러나 나는 날마다 ◯◯ ◯◯

꽃에 물을 줍니다.

여름 하늘 ◯◯◯ ◯◯◯◯

보옵소, ◯◯ ◯ ◯◯◯ 피는 푸른 잎을.

남들이 말하기를 —

가

남들이 말하기를

돌

그러나 나는

꽃   .

황

보옵소, 저 가지에 익어 달린 누런 열매를.

페

그

꽃에 물을 줍니다.

여

보옵소, 가득 저 가지에 피는 푸른 잎을.

한 포기 작은 꽃에
물 주는 뜻은
한 포기 작은 꽃에
물 주는 뜻은
님의 마음을 아니 어기랴는 탓입니다.

꽃 필 때에는 안 오셨으나
잎 필 때에도 안 오셨으나
열매 맺을 때에야 설마 아니 오실까.

오늘도 나는 뜰에 나가서
물을 줍니다. 꽃에 물을 줍니다.

STEP1 떠오르는 이미지와 시어에 집중하면서 시를 반복해 읽습니다.

ㅎ ㅍ ㄱ 작은 꽃에

물 주는 뜻은

한 포기 작은 꽃에

물 주는 뜻은

ㄴ ㅇ ㅁ ㅇ 을 아니 어기려는 탓입니다.

ㄲ ㅍ 때에는 안 오셨으나

ㅇ ㅍ 때에도 안 오셨으나

ㅇ ㅁ ㅁ ㅇ 때에야 설마 아니 오실까.

오늘도 나는 ㄸ ㅇ ㄴ ㄱ ㅅ

물을 줍니다. ㄲ ㅇ ㅁ ㅇ 줍니다.

한 포기 ◯◯ ◯◯
물 주는 뜻은
◯ ◯◯ 작은 꽃에
물 주는 뜻은
님의 마음을 ◯◯ ◯◯◯◯ 탓입니다.

꽃 필 때에는 ◯ ◯◯◯◯
잎 필 때에도 ◯ ◯◯◯◯
열매 맺을 때에야 ◯◯ ◯◯ ◯◯◯.

◯◯◯ ◯◯ 뜰에 나가서
◯◯ ◯◯◯. 꽃에 물을 줍니다.

한 ▓▓▓▓▓▓▓▓▓▓▓▓▓

물 주는 뜻은

한 포기 작은 꽃에

물 ▓▓▓▓▓▓▓▓▓

님의 마음을 아니 어기랴는 탓입니다.

꽃 ▓▓▓▓▓▓▓▓▓▓▓▓▓▓▓▓

잎 필 때에도 안 오셨으나

열 ▓▓▓▓▓▓▓▓▓▓▓▓▓▓▓▓▓▓▓▓▓▓▓.

오 ▓▓▓▓▓▓▓▓▓▓▓▓▓▓

물을 줍니다. 꽃에 물을 줍니다.

디지털 디톡스를 위한 암기 두뇌 깨우기

일부러 외우는 한국시

1판 1쇄 펴냄 2024년 8월 20일

지은이 WG Contents Group

펴낸곳 ㈜북핀
등록 제2021-000086호(2021. 11. 9)
주소 경기도 부천시 조마루로385번길 92
전화 032-240-6110 / **팩스** 02-6969-9737

ISBN 979-11-91443-27-1 13810
값 13,000원